Charles Dickens
PARA TODOS

© Sweet Cherry Publishing

A Tale of Two Cities. Baseado na história original de Charles Dickens, adaptada por Philip Gooden. Sweet Cherry Publishing, Reino Unido, 2022.

Dados Internacionais de Catalogação na Publicação (CIP)
Angélica Ilacqua CRB-8/7057

Gooden, Philip
    Um conto de duas cidades / baseado na história original de Charles Dickens, adaptação de Philip Gooden ; tradução de Ana Paula de Deus Uchoa ; ilustrações de Pipi Sposito. -- Barueri, SP : Amora, 2022.
    96 p. : il.

ISBN 978-65-5530-423-7
Título original: A tale of two cities

1. Literatura infantojuvenil inglesa I. Título II. Dickens, Charles, 1812-1870 III. Uchoa, Ana Paula de Deus IV. Sposito, Pipi

22-4826   CDD 028.5

Índices para catálogo sistemático:
1. Literatura infantojuvenil inglesa

1ª edição

Amora, um selo editorial da Girassol Brasil Edições Eireli
Av. Copacabana, 325, Sala 1301
Alphaville – Barueri – SP – 06472-001
leitor@girassolbrasil.com.br
www.girassolbrasil.com.br

Direção editorial: Karine Gonçalves Pansa
Coordenação editorial: Carolina Cespedes
Tradução: Ana Paula de Deus Uchoa
Edição: Mônica Fleisher Alves
Assistente editorial: Laura Camanho
Design da capa: Pipi Sposito e Margot Reverdiau
Ilustrações: Pipi Sposito
Diagramação: Deborah Takaishi
Montagem de capa: Patricia Girotto
Audiolivro: Fundação Dorina Nowill para Cegos

Impresso no Brasil

GRANDES CLÁSSICOS

UM CONTO DE DUAS CIDADES

Charles Dickens

amora

Paris

Há muito tempo, em Paris, um médico chamado Alexandre Manette saiu da prisão. Ele estava preso havia dezoito anos, não porque tivesse feito algo errado, mas porque tinha defendido o que era certo.

Ao fazer a coisa certa, Manette fez inimigos. Inimigos poderosos que o jogaram na prisão. Naquele tempo, os ricos e poderosos governavam a França. A população, em geral, era pobre e passava fome. E a raiva e o desespero estavam fervendo, à flor da pele na vida dos mais oprimidos. Em poucos anos, aconteceria uma revolução violenta, que resultaria na morte do rei e da rainha da França, e também na morte de pessoas ricas e influentes.

Nossa história começa alguns anos antes da revolução, logo após Alexandre Manette sair da prisão. Ele havia se mudado para um quarto que ficava em cima de uma taberna, numa área pobre de Paris. Os donos do bar, o sr. e a sra. Defarge, eram amigos dele.

A mente do dr. Manette ficou marcada pela experiência na prisão. A única coisa boa que aconteceu com ele lá foi ter aprendido, sozinho, a fazer sapatos. Uma vez livre, passou a se dedicar ao trabalho, como se sua bancada e suas ferramentas fossem as únicas coisas no mundo nas quais ele pudesse confiar.

Um dia, a porta de seu triste quarto no sótão se abriu. Lá estava o sr. Defarge, uma bela jovem e um homem mais velho.

— Você tem visitas – disse Defarge.

Manette não ergueu os olhos da bancada de trabalho.

— Aqui está um cavalheiro que reconhece um sapato bem-feito quando vê um – disse Defarge. — Mostre a ele o sapato no qual você está trabalhando, Manette.

O homem mais velho, cujo nome era Jarvis Lorry, pegou o sapato na mão.

— Diga a ele que tipo de sapato é, e o nome do fabricante – pediu Defarge.

— É um sapato feminino – disse o dr. Manette gentilmente, mas sem olhar para cima.

— E o nome do fabricante?

— Cento e cinco, Torre Norte — respondeu Manette.

O sr. Lorry percebeu que Manette estava dizendo o número da sua antiga cela da prisão em vez de dizer o nome.

— Cento e cinco, Torre Norte — repetiu Manette.

— Está me reconhecendo, dr. Manette? – perguntou a jovem.

Manette continuou olhando para a bancada.

A mulher se aproximou e, embora o rosto dela fosse jovem e o dele, velho, qualquer um que visse o dois lado a lado acharia que eles eram parecidos.

O sapateiro viu a bainha do vestido da moça quando ela se aproximou. Então ele levantou os olhos e a encarou.

— Você é a filha do carcereiro? — ele perguntou.

O nome da jovem era Lucie. Seu cabelo loiro ia até o pescoço. O sapateiro estendeu a mão, pegou um dos cachos e ficou olhando. Lucie colocou a mão no ombro dele.

Defarge e Jarvis Lorry observavam da porta. E mal ousavam respirar.

Manette tirou um cordão escurecido pelo tempo de seu pescoço. Um pedaço de trapo dobrado estava preso a ele. O sapateiro abriu o pano com cuidado, apoiando-o no joelho. Dentro, havia dois longos fios de cabelo loiro.

Manette tocou novamente os cachos dourados da jovem. Os olhos do sapateiro se moveram deles para os fios em sua mão.

— São iguais. Como pode ser? – perguntou maravilhado. — Ela deitou a cabeça em meu ombro na noite em que fui capturado. Quando me levaram para a Torre Norte, encontrei esses poucos fios na minha roupa. E os guardei para me lembrar...

O sapateiro não conseguiu continuar falando de tanto chorar. Lucie passou os braços ao redor dele.

— Viemos tirar o senhor daqui — disse a jovem. Ela estava à beira das lágrimas também. —Vamos para a Inglaterra, para Londres.

Lucie era filha do dr. Manette. Ele a tinha visto pela última vez quando ela era uma garotinha de cabelos loiros. A mãe de Lucie, que era inglesa, morreu logo após a prisão do marido. Então, o tutor de Lucie, Jarvis Lorry, a levou para morar na Inglaterra. Desde então Lucie não tinha visto o pai, até aquele momento, num sótão em Paris.

Os três, pai, filha e tutor, embarcaram em uma carruagem que os levaria para fora da cidade. Eles se despediram do sr. e da sra. Defarge.

Quando os viajantes chegaram a Calais, na costa francesa, pegaram um barco para Dover. Manette ainda estava fraco e confuso. Havia poucos passageiros na embarcação. Um deles, um jovem e bonito francês chamado Charles Darnay, teve pena do dr. Manette.

Lucie ficou muito agradecida a Darnay. Ele foi gentil e os ajudou a encontrar um lugar seguro no barco.

Já em Londres, Lucie e seu pai viviam tempos felizes. Dia após dia, ele foi melhorando. Lucie às vezes pensava em Charles Darnay, embora não esperasse vê-lo de novo.

LONDRES

O tribunal criminal de Londres era conhecido pelo nome de *Old Bailey*. Certo dia, ele ficou cheio de gente que veio assistir ao julgamento de um espião. Rostos ansiosos se esticavam entre pilares e pelos cantos do lugar para ver, de relance, a pessoa sentada no banco dos réus.

Tratava-se de um homem jovem e bonito, com cerca de vinte e cinco anos. Seu nome era Charles Darnay. Era o francês que, quatro anos atrás, fora gentil com Manette e Lucie no barco.

O problema de Charles Darnay era ser francês. Inglaterra e França não estavam em guerra, mas os dois países suspeitavam muito um do outro, por qualquer motivo. E Darnay parecia estar se comportando de maneira estranha.

Contra a vontade, o dr. Manette e Lucie foram convocados para testemunhar contra Charles Darnay. O promotor, que estava tentando provar que Darnay era um espião francês, fez sua primeira pergunta.

— Srta. Manette, já tinha visto o prisioneiro antes?

— Sim, senhor — respondeu Lucie.

— Onde?

— A bordo do barco que nos trouxe para a Inglaterra.

— Você conversou com o prisioneiro naquela viagem pelo Canal da Mancha?

— Sim, senhor.

— Fale um pouco sobre isso.

Olhando com carinho para Charles Darnay, sentado no banco dos réus, Lucie disse:

— Quando o cavalheiro subiu a bordo do barco...

— Cavalheiro? – perguntou o promotor. — Você quer dizer "prisioneiro"?

— Sim, senhor.

— Então diga "prisioneiro".

— Quando o… o prisioneiro subiu a bordo, ele percebeu que meu pai estava muito fraco. E foi bondoso e gentil conosco.

— Esqueça tudo isso – disse o promotor. — O prisioneiro lhe disse que estava viajando com um nome falso?

— Ele me disse que estava viajando por conta de negócios secretos que poderiam colocar as pessoas em apuros. É por isso que ele não usava seu nome verdadeiro.

Vendo como suas palavras haviam feito Darnay parecer suspeito, Lucie começou a chorar.

— O sr. Darnay é um bom homem, tenho certeza disso — afirmou ela.

— Esqueça tudo isso — disse o promotor.

A última coisa que o promotor queria era que as palavras de Lucie convencessem o júri de que Charles Darnay era inocente.

Então, algo estranho aconteceu.

Outra testemunha foi chamada. Ela disse que tinha visto Darnay rondar o estaleiro. E acreditava que o francês poderia estar espionando os soldados e marinheiros que trabalhavam ali.

O advogado que defendia Darnay chamava-se dr. Stryver. Sentado ao lado dele, estava um homem desarrumado, que descansava casualmente no banco. Esse homem cutucou o dr. Stryver e sussurrou algo em seu ouvido.

Stryver perguntou à testemunha:

— Tem certeza de que foi este prisioneiro que você viu perto do estaleiro?

— Sim, certeza – disse a testemunha.

— Você já viu alguém que se pareça com o prisioneiro?

— Acho que não – respondeu a testemunha.

— Olhe atentamente para este cavalheiro aqui – disse o dr. Stryver, apontando para o homem que descansava ao lado dele.

— E agora olhe atentamente para o prisioneiro. Eles se parecem muito, não é?

Era verdade, eles eram muito parecidos. Especialmente depois que o homem desarrumado, cujo nome era Sydney Carton, tirou a peruca. Todos no tribunal se assustaram um pouco e logo concordaram balançando a cabeça.

Imediatamente, as pessoas começaram a conversar entre si.

— Aqueles dois homens podem ser gêmeos.

— Eles são sósias!

— Essa testemunha não é confiável.

— E a simpática jovem acha que o prisioneiro é inocente.

— Silêncio! – gritou o juiz. E o tribunal ficou quieto mais uma vez.

O júri saiu da sala para debater o veredito. Charles Darnay era culpado ou inocente de espionagem?

Depois de várias horas de ansiedade, veio a sentença: inocente.

Mais tarde, Charles Darnay agradeceu a Sydney Carton, o homem que se parecia tanto com ele.

— Não foi nada – disse Carton, despreocupado. — Na verdade, eu nem sei por que fiz isso.

Sydney Carton era um jovem totalmente despreocupado. Era amigo do advogado, dr. Stryver, e às vezes o ajudava no trabalho. Mas ele nunca se importou muito com as outras pessoas, nem consigo mesmo.

Agora, no entanto, Sydney Carton invejava Charles Darnay por uma razão. Ele tinha visto a maneira como Lucie olhava com carinho para o acusado no banco dos réus. Ninguém nunca tinha olhado para ele daquela maneira. Mesmo assim, ele estava feliz por ter ajudado a salvar Darnay.

O amor entre Charles Darnay e Lucie cresceu rapidamente. O rapaz ganhava a vida ensinando francês em Londres. Ele costumava visitar a casa onde Lucie morava com o pai.

Manette ficou feliz ao ver a filha se apaixonar pelo jovem francês, de quem ele gostava muito. Naquela época, os homens costumavam pedir aos pais a permissão para se casar com suas filhas. Quando Darnay conversou com o dr. Manette sobre isso, o médico concordou imediatamente.

Na manhã do casamento, Darnay queria falar com Manette em particular. Quando os dois homens finalmente saíram da sala onde conversaram, o rosto de Manette estava tão branco quanto seus cabelos.

O que tinha se passado entre o pai e o homem prestes a se tornar seu genro? Que palavras foram ditas?

Ninguém soube, e o casamento ocorreu como planejado. Quando o casal estava de partida para a lua de mel, Manette e sua filha se abraçaram.

— Cuide dela, Charles — disse o médico.

O tempo passou. Em Londres, Lucie e Charles Darnay viviam felizes na companhia do dr. Manette. O casal teve uma filha, que tinha longos cabelos loiros, como a mãe.

Sydney Carton era um visitante frequente da casa. Ele gostava da companhia daquela família que, por sua vez, também apreciava muito estar com o amigo.

Mas, enquanto as coisas seguiam calmas em Londres, havia uma violenta tempestade se formando em Paris.

Paris

Um dia, do lado de fora da taberna do sr. e da sra. Defarge, um barril de vinho caiu de uma carroça e se partiu ao atingir o chão. O vinho tinto se esparramou pelas pedras lamacentas da rua.

Imediatamente, todas as pessoas próximas pararam o que estavam fazendo e correram para o local. Alguns tentaram pegar pequenas quantidades do vinho com as próprias mãos.

Outros tentaram pegar o precioso líquido vermelho em copos e tigelas quebrados. Alguns até pegaram pedaços da madeira encharcada com o vinho do barril quebrado e os mastigaram. Eles estavam com tanta sede que teriam lambido o vinho da própria rua!

Pareciam espantalhos. Suas mãos, bocas e roupas esfarrapadas estavam manchadas de vermelho. As manchas eram do vinho, mas tinham a cor de sangue.

Aquilo parecia ser um sinal do que aconteceria em seguida.

A população carente de Paris parecia se unir como uma grande

criatura. Como um gigante, com milhares de braços e pernas.

Lâminas de aço e bastões de madeira balançaram no ar. Vozes encheram as ruas estreitas e sujas com um som de trovão.

As mãos da sra. Defarge não estavam mais ocupadas com agulhas de tricô. Agora ela segurava um

machado. Em seu cinto, estavam uma pistola e uma faca afiada.

— Venham! – gritou o sr. Defarge.
— Cidadãos e amigos, estamos prontos! Vamos para a Bastilha!

A Bastilha era a prisão onde o dr. Manette estivera preso anos antes. Ela não ficava longe da taberna dos Defarges. Com suas oito grandes torres e muralhas, a Bastilha parecia um castelo.

A multidão surgiu ao redor das enormes paredes de pedra. Os soldados juntaram-se a ela e trouxeram canhões. Em meio a fumaça e fogo, o povo invadiu os portões da fortaleza.

Os Defarges estavam à frente da multidão.

Uma vez lá dentro, os invasores se espalharam pelo pátio, em todos os cantos da prisão. Eles queriam prender os guardas e forçá-los a libertar os prisioneiros.

Os pobres de Paris estavam cheios de fúria. O fato é que, se pudessem, teriam destruído a Bastilha com as próprias mãos.

Mas o sr. Defarge tinha uma missão diferente.

Ele agarrou um guarda e disse:

— Cento e cinco, Torre Norte. É uma cela nesta prisão, certo?

O guarda concordou, aterrorizado.

— Leve-me até lá! E traga uma tocha com você.

Defarge e um outro homem chamado Jacques seguiram o guarda, que segurava uma tocha acesa. Ele os conduziu por passagens cheias de pedras, subindo escadas íngremes. O barulho da multidão enfurecida ficou para trás.

Depois de um tempo, o guarda parou em frente a uma porta baixa. Ele colocou uma chave na fechadura e a abriu. Quando todos baixaram a cabeça para entrar, ele disse:

— Cento e cinco, Torre Norte!

No quarto, havia um banquinho, uma mesa e uma cama de palha. A janela, no alto da parede, tinha grades. Havia também uma chaminé, cheia de cinzas de madeira.

A chaminé tinha grades para evitar que alguém entrasse ou saísse por ali.

— Passe a tocha lentamente por todas as paredes – disse Defarge para o guarda.

O homem obedeceu. Defarge seguiu de perto a luz esfumaçada com os olhos.

— Pare! – gritou Defarge. — Olhe aqui, Jacques!

— A.M. – leu Jacques. — Alexandre Manette.

Defarge traçou as letras riscadas na pedra. Ao lado de "A.M.", estavam as palavras "UM POBRE MÉDICO".

— É a cela dele, com certeza – disse Defarge, mais para si mesmo do que para Jacques ou para o guarda.

Ele pediu ao guarda para segurar a tocha mais alto. Então, entrou na lareira e espiou pela chaminé.

Defarge tinha levado um pé de cabra, com o qual abriu a grade de ferro da chaminé. Um pouco de fuligem e pequenos pedaços de pedra acertaram sua cabeça, mas ele não deu atenção a isso.

Os outros dois homens não conseguiam ver o que ele fazia, mas

Defarge parecia procurar por algo escondido na chaminé.

Quando reapareceu, ele escondia algo dentro de sua camisa coberta de pó e fuligem.

— O que é isso? – perguntou Jacques.

— Nada – respondeu Defarge.

Óbvio que era alguma coisa. O que o sr. Defarge tinha trazido de dentro da chaminé era uma história verdadeira, escrita pelo dr. Manette sob a luz opaca daquela cela. Ela explicava como ele fora parar na prisão e quem o tinha colocado lá.

Na verdade, muito tempo atrás, Manette, médico, fora convocado para atender a um jovem ferido.

Ele foi levado a um casarão
que pertencia ao marquês St.
Evrémonde, um homem cruel e
ganancioso, que fazia o que queria
com os pobres camponeses que
trabalhavam para ele.

O jovem ferido não fazia parte
da família de St. Evrémonde. Ele
era irmão de uma bela camponesa
por quem o marquês se interessou.
Quando o irmão da camponesa
tentou evitar que o marquês a
levasse, Evrémonde o esfaqueou.
Manette fez tudo o que podia
pelo jovem moribundo, mas não
conseguiu salvá-lo.

Manette contestou a atitude do marquês St. Evrémonde, que disse ao médico que a vida do jovem não importava mais do que as aves que ele abatia do céu ou o cervo que caçava por prazer.

O marquês tentou subornar Manette, oferecendo a ele uma enorme quantia de ouro em troca de seu silêncio sobre o assassinato, mas o dr. Manette recusou o pagamento e escreveu uma carta ao governo francês. Ele não esperava que algo realmente pudesse ser feito. Nobres como o marquês eram poderosos e protegidos. Ele percebeu o quanto isso era verdade quando foi chamado para outro caso médico urgente.

O marquês e alguns outros homens estavam na carruagem que veio buscar o médico, e ele carregava a carta que Manette havia escrito. Mas ele a queimou no fogo de um lampião e o médico, vendado, foi levado para a Bastilha.

Lá, ele permaneceu por muitos anos, em uma cela distante e secreta: a cento e cinco, Torre Norte.

O dr. Manette esperava que algum dia sua história escrita fosse descoberta e o marquês, punido por seu crime. Ele finalizou seu escrito amaldiçoando a família St. Evrémonde.

LONDRES

A tempestade da Revolução Francesa foi ouvida e sentida do outro lado do Canal da Mancha, em Londres. E foi ouvida e sentida por Charles Darnay.

Darnay foi o sobrenome que Charles deu a si mesmo pois ele tinha vergonha de seu nome verdadeiro. Tinha vergonha da família a que pertencia: a dos St. Evrémondes. O marquês era seu tio, e o pai de Charles também era um homem muito mau.

Desanimado com a família e com seus modos cruéis, Charles fugiu para a Inglaterra. Ele mudou de nome e resolveu viver de forma simples e honesta, ganhando o próprio dinheiro.

Ele se sentiu obrigado a contar ao dr. Manette seu nome verdadeiro na manhã do casamento com Lucie. Foi por isso que o médico ficou tão abalado a ponto de perder a cor do rosto. O futuro marido de sua amada filha era sobrinho do homem que o deixou apodrecendo na Bastilha! Mas o médico sabia que Charles era um homem bom. Ele era completamente diferente dos membros mais velhos da família St. Evrémonde.

Não havia razão para Charles retornar à França, especialmente agora que seu pai e seu tio estavam mortos. O casarão, nos arredores de Paris, tinha sido totalmente queimado.

Mas a população pobre da França se levantou contra seus governantes cruéis e não ficou satisfeita com as chamas de alguns casarões. Ou com um punhado de nobres ricos sendo decapitados na guilhotina. As pessoas queriam mais. Elas estavam cheias de raiva e queriam vingança. E não se importavam de prejudicar inocentes na busca pelos culpados.

Havia um mordomo chamado Gabelle
na propriedade do tio de Charles.
Gabelle era um homem gentil, mas,
por causa de sua ligação com os St.
Evrémondes, foi ameaçado de morte.

Gabelle escreveu a Charles para
pedir ajuda. Correndo grande risco,
Charles decidiu voltar a Paris para

defender o funcionário. E não contou nada a Lucie ou ao dr. Manette pois sabia que eles o impediriam de viajar. Em vez disso, Charles escreveu uma carta para cada um, explicando suas razões. Então, numa noite, ele saiu de casa discretamente e partiu para Paris.

Paris

Charles teve problemas assim que chegou à França. Ele era um aristocrata, a classe odiada pela população, como seu tio e seu pai. Ele era um St. Evrémonde.

Charles foi arrastado para Paris e jogado em uma prisão chamada La Force. Lá, traidores e aristocratas eram levados a julgamento. Muitas vezes, eles eram enviados para a guilhotina para serem decapitados.

Charles estava em perigo por causa do nome de sua família. Gabelle, o mordomo, foi libertado, mas Charles ficou preso em seu lugar. Lucie e o dr. Manette souberam dessa notícia assustadora e viajaram para Paris, acompanhados por Jarvis Lorry e Sydney Carton, que estudara em Paris e conhecia bem a cidade. Os quatro estavam desesperados para resgatar Charles.

Manette acreditava que poderia ter alguma influência sobre os franceses. Afinal, tinha sido vítima do antigo sistema, contra o qual a população francesa estava se rebelando.

Ele havia sido punido por ajudar os pobres. Será que os acusadores de Charles iriam ouvi-lo?

Pela segunda vez na vida, Charles foi levado a um tribunal. E foi confrontado por vários juízes e promotores.

A multidão no tribunal gritava para que sua cabeça fosse cortada, dizendo que ele era um inimigo do estado. Mas Charles respondeu calmamente às acusações dos juízes e disse que era genro de Alexandre Manette. O médico então falou em nome de Charles.

Por um tempo, parecia que tudo ficaria bem e Charles seria salvo. Mas havia uma testemunha surpresa. Na verdade, duas: o sr. e a sra. Defarge.

A sra. Defarge estava sentada na parte de trás da sala do tribunal e tricotava como se suas agulhas de tricô fossem punhais.

Ela viu o marido pegar as folhas de papel rasgadas que ele encontrou na chaminé da cela do dr. Manette.

A história do médico foi lida no tribunal. A morte do jovem esfaqueado pelo marquês St. Evrémonde foi revelada.

Então, a sra. Defarge deu seu depoimento. Ela contou que era a irmã do jovem morto e exigiu que a família St. Evrémonde fosse destruída, assim como sua família tinha sido arruinada muito tempo atrás.

O dr. Manette também, em sua cela na prisão, havia amaldiçoado os St. Evrémondes. Sem saber, ele havia assinado uma sentença de morte para o próprio genro.

Pior ainda, os Defarges estavam tão desejosos de vingança que começaram a conspirar contra Lucie. Afinal, ela se tornou uma St. Evrémonde por causa do casamento.

Charles passou sua última noite numa cela em La Force. Mais uma vez, ele escreveu para a esposa e para o sogro. E pediu que o dr. Manette cuidasse de Lucie e sua filha, e tentou se distrair do que estava por vir com lembranças de sua vida em Londres.

Charles ouvia um relógio marcando as horas. Nove... dez... onze...

Era a última vez que ele ouviria aquelas badaladas.

Havia passos no corredor de pedra do lado de fora da cela. De repente, a chave girou na fechadura. A porta abriu e fechou rapidamente. Diante dele estava Sydney Carton.

Sydney levou o dedo aos lábios:

— Os guardas estão do lado de fora. Eu subornei os dois.

— O que você está fazendo aqui? – perguntou Charles.

— Depressa – disse Sydney. — Temos pouco tempo. Troque de bota

comigo. Coloque meu cachecol e meu casaco. Rápido!

— Sydney, não há como escapar deste lugar. Você vai morrer comigo. É uma loucura.

— Seria uma loucura se eu pedisse para *você* escapar. Mas você vai fugir se passando por *mim*.

Charles ficou confuso.

— Mas o que você vai fazer?

— Vou ficar aqui, Charles. Ouça! Jarvis Lorry está à sua espera em uma carruagem lá fora. Você se encontrará com Lucie e o dr. Manette. Usando meu nome, vocês podem escapar e voltar para a Inglaterra.

Por um momento, Charles ficou tentado com a visão da liberdade! Com a ideia de ver a esposa e a filha novamente!

No entanto, ele disse:

— Não posso permitir que você faça isso. Você é tão inocente nisso tudo quanto eu.

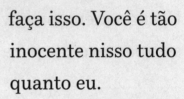

— Não tenho esposa nem filho – disse Sydney. — E nunca dei muito valor à minha própria vida.

Quando Charles foi sentenciado, Sydney decidiu salvá-lo, mesmo que isso significasse morrer em seu lugar.

Assim como ele havia ajudado Charles no tribunal de *Old Bailey*, mostrando como eles eram parecidos, Sydney agora agiria como um dublê de Charles.

Sydney sabia que Charles não escaparia de boa vontade, e o distraiu engenhosamente, pressionando um lenço sobre a boca e o nariz do francês.

O lenço estava embebido em um líquido que faria Charles adormecer de repente.

Enquanto Charles estava desacordado, Sydney rapidamente trocou de roupa com ele. E então bateu à porta da cela. Quando os guardas entraram, Sydney falou e agiu exatamente como Charles.

— Meu amigo ficou angustiado ao me ver aqui – disse ele. — Leve-o ao portão principal. Uma carruagem está esperando.

Os guardas levaram Charles para fora, acreditando que ele fosse Sydney Carton.

❖❖❖

O plano funcionou. Charles foi colocado na carruagem com Jarvis Lorry, Lucie e seu pai. Toda vez que passavam por um posto de controle, eles temiam ser descobertos e presos. Mas os soldados e os cidadãos de bonés vermelhos aceitaram os documentos de identidade que identificavam o quarto ocupante da carruagem como Sydney Carton, um advogado de Londres.

Quando chegaram à costa, embarcaram para a Inglaterra, onde finalmente estavam seguros. Daquele dia em diante, eles nunca mais esqueceram o nome de seu protetor e salvador.

Quando Lucie teve outro filho, um menino, deu a ele o nome de Sydney, em homenagem a Sydney Carton.

✣ ✣ ✣

E o que aconteceu com o verdadeiro Sydney Carton? Poucas horas depois de ter ajudado Charles a escapar de sua cela em La Force, ele foi levado para ser morto.

A multidão se reuniu em volta da guilhotina. As pessoas ficaram impressionadas com o quão tranquilo e calmo Sydney estava.

Ao repassar sua vida em seus últimos momentos, Sydney não se arrependeu.

Ele pensou: "*Esta é, de longe, a melhor coisa que eu já fiz. E irei para um descanso muito, muito melhor do que eu jamais tive*".

Charles Dickens

Charles Dickens nasceu na cidade de Portsmouth (Inglaterra), em 1812. Como muitos de seus personagens, sua família era pobre e ele teve uma infância difícil. Já adulto, tornou-se conhecido em todo o mundo por seus livros. Ele é lembrado como um dos escritores mais importantes de sua época.

Para conhecer outros livros do autor e da coleção *Grandes Clássicos*, acesse: www.girassolbrasil.com.br.